시작시인선 0150

즐거운 랄라

국립중앙도서관 출판시도서목록(CIP)

즐거운 랄라 : 김지유 시집 / 지은이: 김지유. -- 서울 : 천년의시
작, 2013
p. ; cm. -- (시작시인선 ; 0150)

ISBN 978-89-6021-186-5 04810 : ₩9000
ISBN 978-89-6021-069-1(세트) 04810

한국 현대시[韓國 現代詩]

811.7-KDC5
895.715-DDC21   CIP2013004692

시작시인선 0150
즐거운 랄라

1판 1쇄 펴낸날 2013년 5월 10일
지은이 김지유
펴낸이 채상우
디자인 꼬마철학자
펴낸곳 (주)천년의시작
등록번호 제301-2012-033호
등록일자 2006년 1월 10일
주소 100-380 서울시 중구 동호로27길 30, 510호(묵정동, 대학문화원)
전화 02-723-8668
팩스 02-723-8630
홈페이지 www.poempoem.com
이메일 poemsijak@hanmail.net

ⓒ김지유, 2013, printed in Seoul, Korea

ISBN 978-89-6021-186-5 04810
      978-89-6021-069-1 04810(세트)

값 9,000원

즐거운 랄라

김지유 시집

천년의 시작

시인의 말

너무 가깝거나 너무 먼 거리
항상 그 거리가 상처라면
이제는 움직이리라

당신을 떠나
나를 따라

차 례

시인의 말

일러두기

하나의 연이 첫 번째 행에서 시작될 때에는 >로 표시합니다.

제1부

쉿, 당신 혀를 잘라

백팔 년 전 당신이 전한
그 말 그대로 듣는 거야

돌아선 등 뒤로 우두커니
늙은 박달나무 한 그루

더 이상 가지 뻗지 않는 우듬지 아래
까마귀는 평생 울어 줄 거야

신굿 없이 말 옮기는 무당이여
당신 혀 잘라 만든
사슴의 뿔

녹슨 굴착기가 푸르게 푸르게
동굴 속 신단수 뿌리에 얽혀 있어

쉿!

천팔백 년 뒤
오늘을 까막거리는

그 말

당신 할 바로
그 말이야

달의 문짝

　　하루하루가 벽이야 열리지도 닫히지도 않는 문이야 피를 닦아 낼 수 없는 벽이면 좋겠어 핏줄을 심지 못해 벌이는 살인이 하루도 빠짐없이 자행되는 문, 열쇠는 눈동자 가득 걸려 있지 그래, 엄마가 몸을 파는 동안 심장에는 또 하나의 방이 생겼지 꽃무늬 팬티처럼 축축해진 그 방에 숨어 미치도록 자판만 두드리고 있어 얼굴 없는 아빠를 닥치는 대로 죽이고 있지 죄목 따윈 상관없어 나이보다 많이 먹여 주는 형량이야 고맙지 이미 감옥에서 한창 썩고 있는 중이거든 쏟아지던 엄마의 매질이 달빛처럼 고여 있는 여기, 거미줄 가득 아빠의 시체가 걸려 있어 때마다 사식을 넣어 주는 엄마 손목 비틀어 불가촉천민의 그림자 울려 볼까 하나뿐인 문이 오늘도 심장에 갇혔어 녹이 슬었어 눈부신 태양 속 흑점처럼 거룩하게 썩어 가는 벽이면 좋겠어

사연

　가령 무슨 사연이 가려움으로 남았다 치자, 한밤중 팬티
벗어 던지고 메마른 공기를 향해 꽃잎만큼이나 보드라운 속
살 말리게 된 것도 사연이라고 치자,

　항생제에게 야금야금 빼앗긴 사연, 후궁처럼 뒷구멍으로
들락거리는 농을 뿌리 뽑기 위해 보름 넘게 가랑이를 벌리는
사이 사연이 사라지더군 이미배와 미샤 마이스키, 청승맞게
늙은 심수봉까지 울컥거리던 사연 사라지고 톡톡, 손톱처럼
밤마다 깎아 대던 문자의 행방 따위 궁금치 않아 좋았는데

　있지도 않은 사연까지 뒷배 삼아 자라난 칸디다균이 농보
다 끈끈한 가려움으로 박혀 후궁보다 독하게 첩의 자리를 잠
식하고, 허공을 향해 벌린 다리 사이 다른 나라 의사들은 처
방해 주지도 않는다는 약을 끼고 보름씩이나 알알이 싹 띄운
사연이 그래 감각의 가려움이라 치자,

　그리하여 발뒤꿈치 엉덩이에 붙이고 간들간들 무릎을 나
비 날개마냥 접었다 폈다 밤새 꼬드기는 이 바람을 심장 없
는 사랑이라고 치자,

시소 타기

취하면 허락되는 것도 많다고

시소에 앉아 벌컥벌컥 맥주 한 캔을 쏟아붓는
사내, 금세 붉어지는 얼굴의 저이가
애인의 집에서 소꿉놀이하고 돌아오는 길이면 좋겠는데

취하면 눈에 뵈는 게 없다고
황금나무에서 창조와 파괴의 열매를 함께 딴 걸 기억한다면
애인을 창조했다면 부인쯤은 파괴해야 하는 것

시소 타기는 그런 것, 봄밤은 그렇게 출렁거리는 것

평행한 시소는 본 적이 없다고, 기울어진 사랑만 타고 또
탔다고
저 사내의 시소에 앉아 오줌을 누고 싶은데

함께 취해도 괜찮을 저이가 일어서 가고, 길도 없는데 잘
걸어가고
취하는 것이 누구 때문은 아니라며 잠깐 뒤돌아 담배 한
대 피워 무는 저이

못생긴 저이가 쓸쓸하게 나를 빨아 마시는데, 찔끔찔끔

취하면 생이 알딸딸해진다고

시소가 저울이 되려나
취해서 보고픈, 봄밤의 오줌 줄기가
넝쿨장미처럼 자꾸 시려 오고

당신을 집어넣는 시간

　　베란다에 서서 당신을 집어넣는 시간입니다 잃어버린 세라토닌을 되찾기 위해 찔립니다 날카로운 당신의 화살이 구석구석 비집고 들어와 박힐 때까지 너덜너덜 헤집을 때까지 벌립니다 물 없는 전기 포트처럼 달아오른 뇌수일랑 당신의 입김으로 식힙니다 오전 8시, 세라토닌의 어머니 당신이 까치발 들어 발뒤꿈치를 내주는 시간입니다 우울의 눈곱을 떼고 떨어진 마론 인형의 속눈썹 사이로 질질 눈물이 샐 때까지 껌벅껌벅, 당신의 건망증 덕에 메마른 생활이 자꾸 얼룩집니다 오전 8시, 당신이 막힌 길에서 넘실대는 벽으로 옮겨 다니고 내게서 다른 여자로 옮겨 타려는 시간, 눈물이 새는 에이스 침대에서 일어나 물고기들이 일광욕하는 베란다에서 지하 주차장으로 낙하하려는 순간입니다 무감각한 상상에 문어는 없을까요 보풀 인 홍채를 벌리고 세일도 에누리도 없는 당신과의 시간, 오전 8시입니다

탱화 그리는 세컨드

눈동자에 사연이 없잖아
살자고 매달리는 비명에도, 죽자는 거짓말에도
절망이 없잖아

비집고 들어앉아 몰래 그리는 탱화
문틈에 끼워 둔 헝겊 조각 빼내면
삐걱거리던 달의 문짝 하나쯤은 떨어져 나가지

도둑 그림이 목구멍을 막아도
원효와 요석공주의 분탕질마냥 역사에 남을
춘화 한 장은 그려야지

삭발에 기도가 없잖아
사통하며 그리는 탱화에, 미륵불의 의수에
맥박이 없잖아 공력도 없잖아

투견 불테리어처럼 발광하는 심장으로 덤벼도
시원찮을 도박 한판 해야지

그래야, 달을 파는 탁발승의 세컨드지

갑옷

밤새워 우는 도마뱀, 울어 봤자
손수건 하나 적시지 못하는 이별인데 뭐 그리
사연은 많아서 라디오 채널 돌리듯
입술을 돌린다지

등기부등본 찔러 주는 사내 가랑이 밑에선
물 한 모금에도 겨드랑이 촉촉하다지
길을 잃어도 아무 걱정이 없다지
울지 마, 태양에서 나왔다는
도마뱀의 독이란 게 원래 은빛이라지
타오를 땐 정신 빼놓는다지

등이 없는 사내에게 정이란
돈 때문에 생긴 욕이라지
돈줄이 끊기면 사라져 버린다는 돈정
손때 묻은 욕정을 떼지는 못해서
가지지는 더욱 못해서
속옷을 갑옷처럼 입고 잠든다지

단골의 돈을 받아 빚 청산하는 걸

공사친다고 한다지
주술의 힘이 풀리기 전에
그래, 돈줄이 마르기 전에
꼬리 잘라 그림자를 지워야 한다지

실연

    몸 구석구석 주리를 트는구나, 느릿하게 그러나 상상의 틈
도 없이 침대에 못 박힌다 속 터질 듯 채워진 순대처럼 내장에
들어선 뱀들이 꿈틀거리고, 자다가 깨다가 입안 가득 생쌀만
밀어 넣고 맹물만 마셨는데 징그럽게도 불었구나

    징그럽구나 몸뚱이야 신발도 챙겨 신지 못하고 어디로 쫓
겨 나가니, 까마득해진 사내의 손길에 골절당한 기다림은 폭
음의 뱀으로 똬리 틀어 대신 세우려나, 바닥이라고는 딛기를
잊어버린 발바닥으로 도사리며 기어들어 온 구렁이들이 헛
배만 부풀리는구나

    핏줄이 물어다 준 제 이름 석 자도 잊은 채 어디로 쫓겨 가
니, 살모사 새끼들보다 징그러운 저것을 침대 밖으로 어찌
내몰까나, 묵직한 대가리 치켜들고 변기 가득 고이는 생활
은 또 어쩔까나

스승의 날

　내가 뜯겨 사라진 날은 스승의 날이었어, 선생님 기쁘게 하려고 돼지저금통 배 갈라 샀던 천사 인형, 천국의 종소리 환상적인 도자기 모빌이었어 기념식 줄 제대로 서라는 호통에 놀라 발뒤꿈치로 눌러 버린 무지개, 선생님 책상에 쌓이던 선물에 벙어리 냉가슴을 앓던 나는 병약했지 미열만 있어도 잡아 끌어내 집으로 보내 버렸지 선생님께 끌려 나가지 않으려 버틸수록 왁스칠한 나무 바닥을 잘도 미끄러지던 실내화, 그 뒤꿈치에 짓밟힌 무지개는 어디서 찾아야 하나 스승의 날 음악 시간, 틀린 답을 말했다며 뺨을 갈기던 순간은 찰나보다 짧았지만 슬그머니 나는 어디로 사라졌을까 영등포일까 미아리일까 선생님께 빼앗긴 음막은 지금쯤 어디서 번쩍, 불붙은 뺨따귀를 뱀처럼 물고 있을까

사리

돼지에게 목을 내준다

　우리 엄마, 삼십 년 전 임신하고 정신없이 먹었다던 국밥
발갛게 상기된 얼굴로 숨도 안 쉬고 비워 내는 국밥 제사상
에도 올려 달라는 신태인 역전 순댓국밥에서 나오는 사리 한
알 삐걱대는 탁자 위에 올려놓는 동안,

　일곱 살 아들이 오물오물 물에 씻은 깍두기를 씹고 있다
잠든 아들 몰래 실에 칭칭 감아 뽑아낸 이 옥상으로 던져 올
리며 고수레, 지붕 위에 올려놓았던 아들이 날아간다 돼지
가 날아간다

　펄펄 끓는 솥단지 안에서 가부좌 틀고 염불 외던 돼지, 이
빨 하나
　우리 엄마와 일곱 살 아들이 슬쩍, 바꿔치기한
　몸속의 사리 한 알

돼지에게 내줬던 숨구멍을 찾아온다

암소공포증

옆방의 소리가 사라졌다, 소리가 사라진 자리에서
냄새가 물소처럼 건너온다 서둘러 썩기 시작하는
암컷의 생식기

　벽 하나 사이로 여자의 침대가 놓여 있다 불안이 성욕을
깨우고 벌떡, 일어선 성욕이 벽을 기어오르는 한순간 창밖으
로 출렁거리는 여자의 몸뚱어리를 꿰는 억센 심줄을 본 적이
있다 죽여 달라, 애걸복걸하며 창문처럼 열어 주던 엉덩짝 사
이 용두질이 양변기 물 내리는 소리로 흘러 나가고 현관을 열
고 닫던 버튼음도 살해됐다 차가운 벽에 귀를 박는 밤은 차
라리 꽃이다 얌전했던 속살이 꽃무늬 벽지처럼 번지는 시간

　푹푹 죽기도 전에 썩는가, 노래야
달력이 된 음부가 덜컹 벽을 열고
흘러넘친다

당신의 눈동자와

세상에, 당신만 바라보는 눈동자는 없어

당신 손발톱 세워 이 얼굴 할퀴고도
각색한 대본, 눈동자 때문인가
제 심장까지 속인 당신
원한 건 진실 아닌 눈동자에 바칠
희생양, 너무 늦게 알아채 어쩌나

당신의 눈동자 역시 한곳만 바라보지 않아

일 년이 한 달처럼 스치는데, 어느 나이쯤
일 년이 다시 일 년이 되고
어린 날 소꿉놀이처럼 하루가 일 년이 될까
시간의 통과의례가 삶의 음부와도 같으니
불안을 살아 내는 법, 그저 순간을 유유자적하는 것
오늘을 기둥서방 삼아 당신의 눈동자 속을
어린 계집처럼 노니는 것

수많은 상상의 눈동자, 내면의 메두사를 찢어 보자고

>
믿는 도끼에 발등 한번 찍히고
똥물 뒤집어쓴 채 꺽꺽거릴 날이 온다면
그때 보일 거야 무섭게 바라보던 건
당신 그 까만 눈동자 아니라 세상의 뻥 뚫린
허공뿐이었다는 걸

도끼 없는 사랑

후회 없이 살겠다니, 쓸데없는 짓
자리 찾아 헤매는 오늘이고
눈 밖의 내일인 걸

수천의 눈, 수천의 귀, 수천의 입,
수만 개의 발걸음까지 담고
마음은 원래 무거운 것

후회 아닌 후회까지
보고 듣고 말하며 잠시 다녀가는 사이
몸은 도끼 자루처럼 썩어 가겠지만

한 몸의 멸과 생을 순환하는 심장은
반짝, 수억의 우주로 통하고
아주 잠시, 다녀가는 마음 모아
고이 모셔 찍으면 그뿐

하나의 심장에 고요가 깃드는 순간이란
제 발등 찍어 볼 도끼마저 없는
사랑, 그러니 후회하며 살아 볼 만한

세상이잖아

모두 입술을 바꿔 답니다

오리걸음의 선배들이 모텔을 향합니다 얼떨결에 거짓 알리바이 담당이 되어 버립니다 자위처럼 숨기고픈 하룻밤일까요 모두 입술을 바꿔 답니다 꽥꽥 울음까지 쓱싹 바꾸더니 즐겁게 랄라! 꾸벅꾸벅 집을 향해 액셀을 밟던 후배가 도착한 성은 이상한 나라의 엘리스 모텔로 변신합니다 성주는 물갈퀴가 찢어진 거위, 바보 후배는 닭대가리, 하지만 모두가 강남스타일이므로 즐거운 랄라! 외제차 몰며 시 쓰는 것이 대역죄라 선고한 거위왕의 처세술은 가난한 역사 위에 세워진 것이므로 문학상이 보호하는 선배의 영역을 감히, 넘볼 의사조차 없는 후배는 까짓, 오리가 아니라 거위와 하룻밤 잔 것으로 치자고 뒤뚱뒤뚱, 즐겁게 랄라! 외제차 대신 거짓말 몰고 다니는 시인과 아찔한 추락을 잠깐 고민한 닭대가리는 감히 문학상 대신 이상한 나라를 건설하는 것으로 꿈을 바꿉니다 아무렴 황금 알을 낳는 장사는 현금 장사가 최고라며, 즐거운 랄라! 시와 시인은 달라야 바보라고, 랄라! 즐겁게 우는 밤입니다

제2부

간다, 간다

발등으로
쥐가 기어오른다
머리카락 사이로 파고드는
이빨들, 불량 사탕처럼
쏟아지는 별들 탁, 탁, 탁
입안 가득 터지는
발가락들
붉다 혀가 붉게
으깨진 발등에서
별이 돋는다
길이 뚫린다 심장을 휘돌아 온
척추의 길 뻥 뚫린
바람구멍 속으로
못 간다, 못 간다
치마 밑에서
엉킨 백 개의 꼬리를
토막 쳐 놓고서야
간다, 간다
어디든 간다고
목젖까지 타오르는

쥐,
피가 돌지 않는
발가락 하나 물어다
목구멍 틀어막고서야
통한다 골수까지
뻥, 뚫린다

한솥밥

개는 허공에 앞발을 들어 올리고 버틴다
앞발이 들리면 끌려가는 줄 끌려가면 끝장나는 줄
개는 안다

개 같은 놈과 개보다 못한 놈 사이에
보신탕집이 있어 컹컹 개처럼 짖지도 못하면서
허공에 앞발을 들어 올린 여자를
개는 척 알아본다

꼬리를 살랑살랑 흔들어 준다
펄쩍, 여자의 앞치마에 뛰어올라 무슨 고생이냐고
이게 무슨 개고생이냐고

아무래도 앞발을 너무 높이 들었다
버둥버둥 사내가 움켜쥔 머리채에 목을 매달고
울지도 웃지도 못하는 개를
개는 안다

금버섯

금을 찾다 계단을 다단계로 굴렀어요 한강에 빠뜨린 금버섯 좀 건져 주세요 긴 속눈썹으로 강물을 휘휘 저어요 손가락에 걸려 나오는 금줄기 보셨나요 손톱 밑에서 번쩍거리는 금가루 보셨나요 곰팡이 대신 금가루 입힌 중국산 가짜 상황버섯 먹어 보셨나요 새파랗게 이끼 낀 금버섯을 찾아요 손잡고 금을 찾아 나섰다가 발을 헛디딘 사촌 언니 퇴직금도 돌려주세요 거대한 창고 가득 가랑이 번득이던 사내들이 밑 빠진 독을 업고 있던 금두꺼비였나요 몰라요 모르겠어요 한강에 뿌린 게 금가루인지 똥가루인지 아직도 모르겠지만 강 밑바닥 어디선가 무럭무럭 자라고 있을 금버섯 좀 찾아 주세요 이 한 몸 다 바친 지아비 성기 좀 찾아 주세요

양파

석 달 전 부녀회장직 사임하고 사라진
아줌마가 아가씨가 되었다는데

동트기 전 양파 밭에서 몇 번씩 벗겨지던
실루엣을 본 동네 아낙이 몇, 불행한 소문처럼
빠르게 지나가는 아가씨가 그 아줌마인지
도대체 확인할 길은 없다는데
밥상 위의 밥이 죽이 되어 질척거리고

잘나가던 남편 바람기가 소리 없이 벗겨지고
유리창에 찍히던 병든 아이 이마도 벗겨지고

돈 없이도 논다는 동네 클럽 거쳐
어디서 오는 길인지 자정 넘어
엘리베이터에 몸 구겨 넣는 아가씨
붉은 속옷을 홀라당 벗기면
아줌마가 나온다는데

벗기고 또 벗기면 속살이 반짝거린다는
아저씨 빨개진 눈구녕 속에서

밥도 할 줄 모르는 아줌마가 살살
기어 나온다는데

이름은 하나인데 별명은 서너 개라는
달고 흰 그림자가 껍질을 벗고 또 벗으면
세상이 새까매진다는데

로프공

규조토 묻힌 걸레로

빌딩의 절은 때를 벗긴다

주식 삼매에 든 사내의 등짝을 민다

물벼락 맞아요 창 닫아요

화들짝, 모니터에 띄워진 창문을

뛰어내리는 사내

바닥이 보이지 않는 세상 안팎을 나란히

실 묶인 채 버둥거리는 잠자리 두 마리

날개가 접히지 않는다

길게 빼어 문 담배 연기 사이로

>

뽀얗게 피어오르는 빌딩

간당간당 돈줄에 매달려

꽁꽁 밥줄에 붙들려

똥줄에 매달려

파계사

　초겨울 해질녘 파계사 등지고 내려오는데 색동옷 입은 나무들 옮겨 타며 춤추듯 떼 지어 파계사를 향하는 까치들의 흰 날갯짓은 눈부신, 아니오 춤추는, 아니오 위로 아래로 동글동글 힘드니, 아니오 사람들이 모두 따 간 모과나무 꼭대기에 하나 남은 열매 파계사로 엉덩이 이정표 웅골차게 내밀며 하는 말, 아니오 외롭니, 아니오 검은 고양이 나무 사이로 느긋하게 산책하며 야옹, 아니오 야옹, 아니오 저녁이 방울방울 내리는 소리, 아니오 노을 따라 귀를 열며 파계사로 모여든다 보수공사 중인 원통전 지붕에 영조의 속곳이라도 더 나온 것은 없나 올망졸망 궁금한 모양인데, 봉사 중인 관음회 보살은 모자란 하루 매상 몇 천 원 공양하는 마음으로 채워 넣고 공양간 구석 고기 음식 상상도 이루어지는 겨울 저녁, 아니오 소리는 혀를 말며 동글동글 아홉 갈래 흩어진 물길 모으는 물줄기가 파계라, 나뭇잎들 나무의 몸 뒤집으며 도르르르 아홉 마음길 모아 빙그르르 노래하는 아니오, 아니오 참 좋은 소리

복도

11층에서 어린 소녀가 무릎으로 걷고 있다 굳게 닫힌 문을 차례로 두드리며 아르바이트 중인 소녀의 항문에 바람구멍을 뚫던 1104호 중년 사내가 화장실 물을 내린다 달도 없는 밤 수염도 나지 않은 염소에게 젖을 물리고 돈푼 쥐어 주는 1107호 사모님 발그레한 얼굴로 귤을 깐다

죽음이 깜빡깜빡 이 방 저 방을 가로질러 헹여 거미줄에 걸릴라 꼭꼭 방문을 걸어 잠근 이들의 숨소리가 폐비닐처럼 얽혀 있는 새벽, 비석처럼 서 있던 문 하나 배꼼 열리고 신발을 입에 문 소녀가 조간신문 위에 쪼그리고 앉는다 1107호 사모님 또 하나의 귤을 깐다 마침내
복도가 뚫린다

소녀의 항문에서 빠져나온 아침 해가 샛노랗게,
개미굴 지나간다

혓바닥 위의 혓바닥

싫증난 복음성가와 함께 성탄 자정이 시들하게 넘어갈 때, 양 볼따구니가 뱃살처럼 늘어진 사내가 몇 시간째 카페에 앉아 누군가를 기다릴 때, 전나무에 감긴 전구가 사내의 얼굴에 반짝반짝 색색의 가면을 씌울 때 졸음에 겨운 주인 여자가 미적지근한 맥주를 놓고 사라질 때, 핸드폰을 열었다 닫았다 하며 천장을 올려다볼 때, 전구의 붉은빛이 사내의 눈시울을 적실 때, 여기저기 자리한 남녀를 한 테이블씩 눈여겨보며, 시 쓰는 애인이 저승에 산다고 혼잣말로 연신 중얼거릴 때, 이미 마신 술에 취해 고개가 수그러질 때, 시커먼 안경테마저 코끝에서 대롱거릴 때, 마지막 남녀가 팔짱을 끼고 카페 문을 나설 때, 성탄 음악도 멈추고 홀로 사내 곁에 서 있던 화려한 나무의 전구 불도 모두 꺼질 때, 사내가 자라목을 하고 낮게 코를 골며 빛 잃은 전나무처럼 추워 보일 때, 위태위태하게 잠든 사내의 손에 쥐어진 전화기가 소문도 없이 죽어 갈 때, 콜택시를 부른 주인 여자가 욕지거리를 할 때 사내의 가방에서 와르르 쏟아지는 A4 용지, 그 고도 위의 혓바닥, 혓바닥 위의 혓바닥

그림 퍼즐

사내와 남자아이가 피자와 조개수프를 먹는다 최연소 이
사로 승진했다가 정리해고되던 순간을 마치 승무원인 아내
가 탄 비행기의 불시착처럼 받아들인 사내 앞, 게임에 열중
인 아이는 콜라로 배를 채우며 빈칸을 메워야 완성되는 그림
퍼즐을 맞추고 있다 아이의 손놀림이 빨라지면서 조금씩 밀
려 나오는 엉덩이, 집 나서는 엄마 가방에 매달린 아이의 손
처럼 바지에 새겨진 명품 로고가 의자 끝을 간신히 앙다물고
있다 꾸역꾸역 피자 조각을 삼키던 사내가 계산서를 확인할
때 요란한 소리를 내며 뒤집어지는 의자, 콜라를 뒤집어쓴 아
이가 바닥에서 울음을 터뜨린다 뒷주머니에서 손수건을 꺼
내는 사내의 눈동자, 숙련된 손길로 팔등신 아내 대신 아이
를 달래며 조각난 일요일 오후를 맞추고 있다

나비의 탄생

누에고치의 잠 속에서 죽었다 큰 바위 하나 첩첩산중 굽
어진 고갯마루 지나 얼마만큼 걸었을까 몇 겁인 듯 오래 걸은
듯 바위 아래 지나며 죽었다 여전히 걷고 있는데 죽었다는 죄
책감에 또 다른 내가 통곡한다 그저 터벅터벅 밑그림 하나로
걸어온 내가 유령처럼 걸어온 여자를 뒤돌아본다 되돌아가
살고 싶니, 대답하지 못하지만 괜찮아, 죽었으니 깨어날 거야
죄책감은 역설의 값싼 대용품, 모든 언어는 만돌라 통곡한다
통곡하라, 반짝이는 노래를 위해 다시 자는 누에고치의 꿈
은 몇 겁을 걸은 발바닥을 위해, 죽음이 벗겨 준 나비의 탄생
을 위해, 잠 속에서 다시 죽었다

몰랑공주의 잠

아내는 잠을 자고 새끼들과 엉겨 자고 사내는 아내를 깨울
까 살금살금 깨금발로 화장실을 향한다 염치라고는 분리수
거함에도 없는 아내를, 더 이상 품지 않는 아내를, 제대로 밥
상 한번 안 차린 아내를, 밑구멍 넓고 깊은 아들만 셋 낳은 무
서운 아내를 견디기 위해선 밥 없이 잠 없이 멀쩡한 양말 한
켤레 없이 몽유병만 오래된 지병처럼 옆구리에 낀 채 견뎌야
한다 이제는 다시 바늘에 찔린다 해도 피 한 방울 나오지 않
는 아내는 백 년째 자던 잠을 TV처럼 틀어 놓고 시도 때도
없이 스타카토를 외친다 빈 밥그릇 가득 찬 개수대 구석 물
한 컵으로 모자란 잠 보충하며 뚱뚱한 아내의 박제된 잠을
위하여 담보 잡힌 새끼들의 궁전을 위하여 오늘도 사내는 살
금살금 몰랑공주의 잠을 풍금처럼 디디며 현관문을 나선다

미아

담벼락보다 높게 쌓인 종이 더미 위에 칭칭 이불로 온몸을
감싼 채 올라앉은 여자, 비 내리는데 이름 석 자 어디에 버려
졌을까 두려워 정신없는 여자, 우우 몰아치는 바람이 여자
를 태우지만 내려 주세요 내려야 해요 으다다다 운전기사
의 욕지기에 좌르르 여자의 얼굴이 가랑이 밑으로 쏟아진다
아무렴 요설(饒舌) 탓이 아니야 이 모든 게 자위를 못 해서야,

구멍 하나 틀어막지 못해 내가 사라진 거야

말린 꽃

거꾸로 매달린 붉은 장미와
함께 숨을 쉬는 방
관 속에서 탄생을 기다리는
말라비틀어진 두 팔과
해묵은 두 발이
블라인드의 먼지와
쌓여 가며
아주 조금씩
야채 크로켓을 삼키고
반품 시기 놓쳐 버린
반지 한 돈의 언약까지
풀풀 날리는 방
겹겹의 무덤
먼지 가득 질식한 장미
약지에서 혀끝까지
너무 멀어 억겁이여
차마 내뱉지 못한
흩말, 숙성되어
곱게 말라 가는
하얀 그림자

공

오려거든
지금 저 눈처럼 와

꽁꽁 얼어붙어 숨죽인 바람 따위 기지개 펴기 전에
겹겹 솜이불로 덮어 버리는 저 눈처럼 빠르게

뻥튀기처럼 하늘 부셔 쏟아붓는 밤

거짓말 죄다 덮으려는 듯 작정하고 덤벼도
아무도 다치지 않는 저 눈처럼 속절없게

일말의 저항도 남기지 말라는 허탈에
나뒹굴며 밀착하고 있는 저 눈처럼 뜨겁게

어린 시절 소박한 성탄절 카드 그림 속
입 뾰족한 성당으로 데려가는 저 눈처럼 인간적으로

예고 없이 모든 것을 멈추게 하는 폭설 속으로
추위마저 안아 터트리는 저 눈처럼

>
가려거든
지금 저 눈이랑 함께 가

제3부

청혼

기특도 하지
비바람 부는데 여기까지
머리카락이 연기처럼 피어오르는
여기, 18층까지

숲 속 아파트 통째로
껴안고 살자며 자귀나무들 휘휘
휘파람 날리며

수자령(水子靈) 건너뛰며
같이 살자
방안퉁수 지박령(地縛靈)까지
같이 살자, 함께 살자

천둥 번개 먹는 오늘이
어제로 내일로 딴살림 차릴 때

껴안고 자자는
껴안고 살자는
바람의 말 받아먹고

>
온 집안 귀신들
같이 가자, 함께 가자
저기 저어기 범계까지

박박 머리 민
불륜까지

쉼표 위의 여자

솥뚜껑처럼 눌러앉힐 때마다
엉덩이 들썩들썩 불덩이가 자라
집을 나갈 때마다 한 움큼씩
도끼눈 치뜬 엄마에게
불덩이 숨기느라 바쁜 나는
통통 살이 찔 수밖에 없는
표식의 딸
해골 그려진 약병 열어 건네는
아빠 몰래 불덩이가 자라
눈동자 검게 탄 자리마다 약초 심는
당신의 눈물이 사약처럼 뚝뚝
해와 달이 바뀔 때마다
무덤 하나씩 만들어 던졌지만
그래도 들썩들썩
불덩이가 자라
사방팔방으로 불쑥불쑥
솟아오르는 불덩이
붉게 터져 나가는 포도송이
끝끝내 내가 아비를 낳고
어미를 저지른 거지

그림자

그림자 밑으로 숨은 당신 만나려면
취해야 한다는 걸 이제야 알았나
이빨을 쓰러뜨린 웃음이 퇴폐를 발음할 때까지
고백하고 싶어 발밑에 꺼내 놓은 당신인데
온통 달아오른 이력은 화장실에 앉아
천진난만한 입술과 이별만 하네
당신의 거짓말이 너무 아파 늘 취해야 함을 알아 버렸네
꽁꽁 묶어 놓은 당신의 머리카락 헤쳐 풀고
저 나문재 꽃밭 속 연인의 합창이
오빠야 자기야 여보야 절정에 다다른
꺽꺽거리는 울음이, 찰나의 하모니를 이룰 때까지
신음으로 틀어막았던 온몸 구멍 활짝 열어
내 것도 아닌 눈물까지
뚝뚝 흘려야 함을 어쩌나, 알아 버렸네
누구에게도 보일 수 없는 당신
새까맣게 타오르는 눈동자에 술을 퍼붓고
한시도 속지 말아야 한다고
입안 가득 불을 물어야만 만나지는
사랑스러운 당신, 깜깜할수록
참 또렷해지는 거짓말

무극한의원

진료가 끝난 한의원에 여인이 앉아 있다

가부좌를 틀고 지그시 눈을 감은 채
겨드랑이 터지는 소리를 듣고 있다 숨을 쉴 때마다
팔랑거리는 날개 꿰매는 소리를 듣고 있다

복도의 불빛이 창살을 통과해 맥박을 짚는다
여인의 그림자를 못 박고 있다 숨 쉬는
시간을 잠시 놓친 순간,

날개 잃어버린 용이 그녀를 탐한다
숨구멍 깊숙이 파고드는 몸부림
머리채 흔들며 목숨이 흐른다

물이 흐르는 도시의 밤이라면 누구와
통해도 좋다, 아귀라도 좋다
독이면서 치유인 연금술

태초의 진동이 진저리치는 무극한의원

>
중국산 천궁향을 들이쉬며
가부좌를 똬리로 뒤트는 여인의 몸
끝없이 가벼운,

아비

　일곱 살 난 사내아이가 고양이처럼 발톱 세운 여자의 잔소리를 묵묵히 받아먹다가 엄마, 사랑해 울먹인다 그늘 속에 꼭꼭 숨겨 둔 여자의 그림자를 갉아먹고 자란 생쥐 같은 사내의 눈빛을 닮았다 두 개의 칫솔을 꼭 맞물려 놓고 지워지는 사내의 발자국, 술에 절어 사랑 좀 달라고 밤이 하얗게 새도록 작두를 타고 벽을 기어오르며 덕지덕지 그림자 찢어발기는 새끼 무당, 태양에 비비 새끼줄을 꼰 사랑은 언제나 속만 새까맣게 태운다지만 야옹야옹, 고양이 방울을 단 여자에게 사랑이란 밥찌꺼기로 두꺼비를 기르던 전생의 본능이라서 그리고 일곱 살 난 사내아이의 본능은 도깨비 올라앉은 대들보 아래 개암 깨문 생존이어서 그렇게, 무속의 생쥐 한 마리 거짓 박수를 세상의 아비 하나를 품는다

업

하늘을 바다 삼아 두루마리처럼 둘둘 말린 발이 있어 먹고 또 먹어도 체하지 않는 바람의 음각화가 새겨져 있어 현금수수료처럼 쌓이는 오해들이 환각제 이름 같은 글리제 581g*의 어느 정부 산하 어느 부처인가에 차곡차곡 기록되고 있어 관계자 외 출입 금지인 당신의 창고에서 당신은 결코 관계자가 될 수 없어 꽁꽁 입술 찧어 만든 날갯짓이 거미줄에 걸린 잠자리 죽음처럼 바스락, 부서진 손금의 가지 위에 꽃대를 세우고 있어 지난밤 살을 섞은 미륵 부처가 허벅지에 새겨 준 복권 번호도 체리필터의 낭만적 노래 가사도 발신인과 수신인을 몇 번씩 바꿔 가며 체위를 번복한 눈물의 역사마저 비아그라 광고 안에 축축하게 젖어 있어 비루먹은 개 눈동자 휘휘 저어 숨구멍을 내는 손가락이 강아지풀처럼 흔들리고 있어 복제와 변주로 발바닥에 문자를 새기고 있어 머리가 박살난 메시지와는 상관없이 질기게, 하얗고 긴 그림자 목을 꿰고 있어

●글리제 581g: 또 다른 지구.

술래잡기

세상의 엄마들은 온통 새엄마, 헌 엄마를 찾아야 하는데
꼭꼭 숨어라 머리카락 보일라 어디에 숨었는지 알 것도 같아
밤마다 돌계단을 숨 가쁘게 올라요 돌탑 아래서 소꿉놀이
에 열중인 철없는 엄마, 눈을 마주쳐도 놀라지 않아요 여기
좀 보셔요 나 모르시겠어요 씨-익 한번 쳐다보곤 혼자 노는
엄마, 모른 척 뒤돌아서야 해요 엄마는 술래를 안 하거든요

세상의 엄마들은 온통 부킹 중인 새엄마, 울면 안 돼요 새
엄마들은 늘 예뻐요 곱게 화장한 채 숨고 혼자 남은 난 책상
아래 그림자와 나란히 웅크려 딱딱한 김밥을 씹어요 늘 술에
취해 돌아오고 난 꿈에서도 떡볶이를 먹어요 언제쯤 내 엄마
는 술래가 되어 날 찾을까요 꼭꼭 숨어라 머리카락 보일라 꼭
꼭 씹어라 머리카락 보일라

엄마의 소꿉놀이는 언제쯤 끝날까요 새엄마가 술래 되어
날 찾을 때 비로소 나도 엄마가 된다는데, 헌 엄마가 알아볼
까요 늘 술래이기만 한, 애써 울음 감춘, 속눈썹이 긴 마른
인형 같은, 내. 얼. 굴. 헌 엄마는 알아볼까요? 새엄마는 씹
어 삼킬 수 있을까요?

바람난 불사

미륵인 줄 알았더니 기생이더냐
치마 밑에 흘려 놓은 시 한 수에
세상이 조잘조잘

법명이 흑인지 백인지는 부처도 모르는 일
보살의 머루 같은 눈빛에 취하지 말고
바람만 취하라 배운 나는,

부처 등에 업혀 로렉스 시계를 차는 맏상좌
사정 직전의 용병술 전수받은 바람의 교주
아미타불이다

성정이 업이라고, 가사 장삼 걸친 채 비나리 치는 다단계 불사
그래, 죄인 줄 알았더니 복 짓는 일이더구나

펄럭이는 치맛자락 밑으로 활활 화톳불 일구는 뱀의 혓바닥
은사여, 네가 사부대중 몰래 방사로 들인 여인네들

블랙 앤 화이트, 공양받은 골프채 휘둘러
그래, 기왓장 밑 산중 기생으로 살자구나

행자승

　사내가 향을 꽂고 합장한다 종일 머리 조아려 염불을 왼
다 중생을 위하되 중생을 품어서는 안 된다고 방심하는 순
간 신도 회장의 눈빛이 사타구니를 찔러 온다 목탁을 두드리
며 머릿속을 비우고 마음에 담긴 정을 육(肉)으로 바꾼다 무
릎에서 근육 소리만 들려도 수근거리는 노보살에게 젊은 몸
과 혓바닥도 죄가 되는 곳, 향이 춤을 추며 가냘프게 타오른
다 가늘게 오르다 살을 풍기는 향을 따라, 어디론가 떠나고
픈 사내의 염불 소리가 낮게 젖어 든다 설핏 졸다 어머니 부
르는 소리, 전생을 깨어난 듯 소스라치며 다시 염불을 외는,
염불을 외며 온몸을 조아리는 사내, 사내이기엔 머리가 너
무 큰, 고자 부처

북어 대가리

　바람은 늘 바쁘고 오늘도 그대의 푹 꺼진 동공에서 꼬리가 솟구친다 색색의 당구알 살짝궁 밀어 치던 것처럼 술잔 대신 열렬히 대가리 부딪치던 때처럼, 거치적거리는 몸뚱이 없어 땅에 내리지 못하고 동굴처럼 벌어진 아가리는 오늘도 도난당한 자궁을 친다 피 터진 입술끼리 오물거리며 전보 치듯 사랑을 치던 오로라공주의 매춘기가 온다면 얼마나 좋을까 눈코 뜰 새 없이 바람은 다만 내 몸을 치고 오직 고통은 그대의 전리품, 젖은 속눈썹은 변덕스럽게 그대와 논다고 여전히 상상의 깨금발 든 그대 마른 눈동자를 친다 적나라하게 사라진 주책바가지 심장에 보이지 않는 마술 커튼을 치고 둥둥 북소리에 음식 찌꺼기가 낀 개수대 망을 부서져라 탁탁 친다 살랑살랑 꼬리치듯 내 머리 기대던 당신 어깨를 치고 연막을 친 통증, 단두대 위의 삼백육십오 일째 죽음은 초라한 북어 대가리를 무심하게 내려친다 소리도 없이,

바람의 속성

　맞선 자리에서 먹은 깐쇼새우 요리, 밤새 변기 가득 토해
내고 새사람이 되었다는 사내에게 울컥, 쏠린 이유는 체온보
다 높아진 바람 탓

　병원 대신 여자를 찾은 사내의 미열이 따뜻해 기류가 이동
했을 뿐, 달밤 해시계 같던 사내의 심장에 잠시 바람 일어나
고 사내의 젖은 이마와 혀 밑 겨드랑이보다 더 뜨거운 곳까지
체온계 수은처럼 타올라 흘렀을 뿐, 그렇게 열렬한 사내에게
차가운 그 여자 순간 이동한 흔적이 연분인 듯 바람인 듯 살
살 불었을 뿐, 어쩔 수 없이 칠 일 낮밤의 맞선을 보는 동안
혼자 귀잠 든 사내의 그림자 기운 차리며 열 내리고

　이미 뜨거워진 여자 더 뜨거운 곳을 향해 멈춤 없이 사내
를 등진 것이 다만 바람의 속성이라지만,

투사(投射)

하필이면 봄날, 하필이면 황사, 얼어 죽을 다이어트 하겠다고 현미밥과 채소에 콧물까지 주렁주렁 매달고 무엇을 빼내려고, 꽃과 함께 떨어진 게 면역력뿐이었나 핏발 선 결막염에 덕지덕지 눈곱으로 기어 나온 게 두꺼비는 아닐 텐데, 이비인후과에 안과, 산부인과 거쳐서 밥보다 꼬박꼬박 챙겨 먹은 항생제가 끝내는 오한 서린 오줌소태까지 불러왔는데, 더는 약도 무리라며 잘 먹고 잘 쉬라는데, 굶을수록 빠지기는커녕 차지게 들러붙는 뇌수 속 설화(舌禍), 씨암탉 털을 뽑듯 식은땀 흘리며 빼려던 건 살덩어리도 아닌데, 기름기 좔좔 흐르는 뒷담화인데, 미련스레 폭식하고 정로환 냄새 트림 올리며 끙끙, 앓을수록 빠지기는커녕 하필이면 얼어 죽을 봄날,

한 끼

주린 배로 거리를 배회한다 언제 먹어 봤는지 기억도 나지
않는 제주흑돼지를 함께 먹어 줄 야생의 파트너를 찾는다 실
업자 백만 명 시대에 마른하늘 백수건달들 어딜 가고 모두들
도둑괭이처럼 빠른 발걸음으로 숨겨 놓은 짝이 있다는 듯 바
쁘다 혼자서는 내통이 불가능한 거리, 심장에 구멍이 생기면
귀신고래처럼 입으로 빨아들이는 것 많아지나 눈가의 주름
보다 먼저 쭈글쭈글해지는 욕정만큼 내장지방도 몇 배수로
늘어만 가고 부서진 의자처럼 뒤가 구린 저녁, 식탁도 없는
오피스텔 복도로 걸어 들어가 솥뚜껑 위에 가만히 엉덩이를
내리고 지글지글 구워 먹는 한 끼, 이름도 없는 눈먼 별에서
방목 중인 비밀처럼 삼키고 싶은 죽음 한 끼

화독

떨어지면 치우느라 귀찮다
말하는 너는, 내 비장한 장례 행렬이
결혼 행렬임을 알고나 있는지
신탁을 받아 온몸 던지는 이 생이
너에겐 다만 귀찮은 일이더냐
나, 하늘 업신여기는 능소화 아니라
횃불 아래 보쌈당한 처녀일 뿐
줄기 뿌리 잎 모조리 약으로 주려
벌 나비 쫓거늘, 예쁜 것은 독하다니
갈고리보다 독한 꽃가루
뼛속까지 휘저어 놓더니만
간 쓸개 빼놓고도 어디든 갈 수 있으니
이 한 몸 기댈 수 있으니
탁발승 머리 올려놓은 담장 너머
죽음과 결혼하는 일, 신탁은 절대적이니
궁극의 메시지 품고 툴툴거리는
네 발밑으로 군말 없이, 훌쩍
이건 낙화가 아니라
투신이다

얼룩

　기억의 벽지 여기저기 남겨진 흔적들 위에 나비랑 꽃이랑 알록달록 스티커를 붙인다 잊어 달라는 삼류 시나리오 속의 혓바늘처럼 고급 실크 벽지로 도배를 한다고, 짐마저 버린 채 망각의 동네로 이사를 한다고 찢어발겨진 상처 가득 개불알꽃이라도 핀다면 몸이나마 팔겠지만 삼류의 기억 속엔 똥값으로 팔아먹을 몸마저 없더라 떨어지지 말라고 꼭 붙인 것일수록 떼어 낸 얼룩 밑의 흉터란 깊은 것, 촌스러운 나비랑 꽃 바라보다 간혹 술기운 빌어 가꾼 꽃밭에서 일류뿐인 이 땅의 마지막 처녀인 양 노닐 수밖에,

　퉁퉁 불어 터진 노랫가락이나 옹알이하듯 엎질러 놓고

제4부

일일우일신

　하루에 두 번씩 죽음을 허무는 여인들이 있습니다 아름
다움의 상자를 열곤 미의 묘약 대신 죽음의 잠을 맛본 여신
의 후예이기에 피둥피둥 살찐 욕망을 뼛속 깊이 새긴 여인들
이 있습니다 먹으며 살을 뺀다는 배꼽 빠지는 광고가 우아한
페르소나를 후려칠지라도 슬퍼하거나 노하지 않는 여인들이
있습니다 개미도 없고 독수리도 없고 이제 갈대도 점점 사라
지는 옛 지상의 낙원에서 먹자는, 빼자는 숙제거리라도 없다
면 무슨 낙으로 신화를 살겠냐는 여인들이 있습니다 씹는 고
통, 씹히는 즐거움 그 열렬한 죽음과 가열찬 꿈이 모여 앉아
브런치를 즐기는 시간, 일일우일신 뻘 위에 세워진 이곳 송도
에서 여인들의 다이어트는 통통하게 살찐 죽음과 한발 가까
워졌습니다

경건한 하루

설거지할 때마다 경건해지는 이유는 붉은 아크릴사의 친
환경 수세미 덕분이라, 세제 없이 흔적 없이 기름때며 곰팡이
며 잘 닦는 요물이어서 막 신내림받았다는 여자에게 달려가
울고불고 통사정한 것이 무엇인지 기억에 없는데,

자식 하나 없이 호주(戶主)만 세 번이나 바뀐 여자 이야기만
간밤의 꿈처럼 생생하고 기다리는 손님도 없어 손수 키운 상
추 뜯어 와 차려 준 밥값, 직접 담근 것이라며 들려주던 작은
고추장 항아리 값, 가방에 부적 대신 슬며시 넣어 준 털수세
미 값, 적어 준 남자 계좌로 보낸 칠십만 원은 액받이 기도값
이 아니라 뻔하디 뻔한 사연의 돈지랄이라,

칠십만 원짜리 부적으로 설거지하는 손놀림은 경건하기까
지 하니 세제보다 더 강력한 주술 걸어, 두드려도 빨리지 않
는 사건들 속에서 빨아 삶으면 늘 새것 같은 괴력을 지닌 요
물 하나 손아귀에 쥐고 경건하게 울다가 웃다가,

오, 설거지밖에 할 줄 모르는!

마늘밭에도 봄바람이 불까

오만 원권 지폐 수십 상자가 마늘밭에서 발견됐다는 뉴스가 흘러나올 때, 여자는 마른 몸뚱이를 백화점에 묻고 오는 중입니다 최가을 헤어숍과 빨간 손톱과 소다구두점과 플라스틱 아일랜드 옷집을 들려 팔다리도 심었습니다 물론 붉고 푸른 싹들은 백화점 아닌 한강변에서 돋아나 여의도 윤중로 벚꽃 아래서 흐드러지게 절정을 이루겠지만 늘 수꿈은 그런 거니까 손톱과 발톱 아래 끼워 둔 신사임당 수십 수백 년쯤 갖고 논들 수표처럼 흔적 남는 사랑도 아니니까 여자의 아랫도리 가득 묻은 허영이 방전되기까지는 채 하루도 안 걸린다죠 마늘밭 주인은 백억이 넘는다는 신사임당을 영영 못 잊고 감옥에서 지옥으로 풀려나 게거품 물고 배회할 텐데 어쩝니까 하지만 산다는 게 놀음판처럼 치열해도 가끔씩은 마늘을 먹어 줘야 인간미가 풍기니까 오만 원권 지폐 상자와 바꾼 야윈 몸뚱이 매운 마늘장아찌에 푹 절이고 싶은 시간입니다

도곡동 백 사장

　루왁 커피 몇 모금에 발칙해지는 생이여, 고마워라 박카스도 감당 못 하는 심장에 칠만 원짜리 루왁 커피 마중물로 붓는 도곡동 백 사장. 기문 사주를 본다는 점성술사에게 삼만 원을 내미는데 사향고양이 똥도 안 먹어 보고 무슨 돈줄 잡겠느냐는 공갈에 홀짝홀짝 열애 중인 귀족처럼 놓은 정신줄, 본인 사주 풀이로 시작된 판은 결국 만리장성 넘어 유학 보내 놓은 어린 딸부터 사기 치고 도망간 동창 회장의 사주까지 쥐락펴락 현찰 십오만 원이 오가는데 점성술사 앞에서 도둑고양이처럼 야옹야옹 불안해하던 백 사장, 걱정 마세요 앞으로 돈이야 억수로 쏟아지니까, 생선 대가리처럼 던져지는 저 우라질 말, 루왁처럼 독하고 어지러운 말, 배신을 밥 먹듯 하는 척후의 말, 사향 고양이 화신 같은 화려한 점성술사의 분무질에 자꾸 빨간 지갑을 여는 여인, 불안을 돈 주고 팔며 사주에 고마워라 똥칠 중인 여인의 발칙하게 똥칠 중인 생이여,

金 부장의 영업 이력

네모난 방이 동그란 동굴로 변할 때까지
몸을 구르는 저 뱃속에 백년 묵은 능구렁이가 살고
아홉 살 난 딸아이가 살고

갖가지 술과 산해진미로 쌓인
지방이 지층으로 굳어져 창문 하나 없이
구멍 하나 없이

병든 아내 대신 부풀린
저 뱃속에 꼬리가 없는 여우가 살고
배다른 사내아이가 성기를 팔고

아홉 살 난 딸아이 호루라기를 불면
동그랗게 부풀어 오르던 동굴이
콘돔처럼 피식 꺼지고

목구멍에 걸려 있던 달은
자꾸 새끼를 치고

이순임 씨 왈

아가, 내게 미쳤다 마라 비녀도 없는 꽁지머리에 꼬리표 매
달 작정일랑 마라 못난 아들 떠맡긴 죄인이라 입술에 십자가
그을 생각일랑 마라 시아버지 잡아먹은 피 묻은 손이라도 씻
어라 소복 자락에 얼룩진 눈물이나 지워라 며늘 아가, 다리
병신이라 욕하지 마라 더 이상 갖다 바칠 돈도 없으니 모자란
남편 눈 밑 검댕이나 닦아 줘라 덜떨어진 아들까지 잡아먹을
생각 말고 나 죽거든 부의금이나 가져가라 새아가, 밥버러지
아들도 못 찾아올 요양원은 들먹이지 마라 썩어 가는 시어미
발바닥을 보거라 이불 속 물먹은 하마나 서너 마리 꺼내 가
거라 나를 가두고 싶거들랑 바람난 치매나 가두어라 집안 말
아먹고 나라까지 망칠 네 년 그 더러운 발바닥부터 가두어라

민물새우, 파르시팔

제 집 현관도 넘어서지 못한 채 민물새우 담긴 검은 비닐
봉지 손에 들고 엉거주춤 서 있는 사내, 당뇨병에 귀마저 닫
혀 버린 경기도 용인 땅 졸부 집 둘째 아들, 오십 줄 사내에
게 시집온 노처녀가 탐낸 건 덜떨어진 사내의 물건이 아니라
집문서라는 떡밥인데, 입은 닫고 말은 죽이고 살라던 엄마의
충고 덕에 툭하면 이유도 모른 채 내쫓긴 사내가 밤새우는 낚
시터, 엄마가 깨끗하게 빨아 입힌 속옷 한 장 벗지 못해 밤새
워 잡아 온 민물새우 들고 현관에서 오락가락, 물고기가 물
을 찾아가는 여정에 눈물 한 방울 없어서야 그래도 엄마 매는
배라도 불렀다고 배고파 팔짝, 엄마 손은 똥오줌 지린 바지도
빨아 줬다고 무서워 팔짝, 통발에 갇혀 팔짝팔짝 튕기며 울
먹이는 민물새우, 늙은 파르시팔이여

합체불(合體佛)

잠든 사내가 힘겹게 내뱉는 숨을 코카인처럼 빨아들이는
여자, 얼굴을 바짝 맞댄 사내의 콧김을 깊숙이 들이마신다
오토바이 사고로 후각을 잃은 사내의 주름이 여자의 실핏줄
을 타고 들어와 스며든다 사각의 침대 위에서 종일 리모컨만
을 만지작거리며 놀았을 시간의 흔적이 출렁, 날지도 못하는
사내의 품을 부리나케 파고드는 여자의 숨으로 끊길 듯 이어
진다 여자가 가만히 사내를 껴안는다 종일 무거웠을 육신 위
로 환각의 기억이 거미줄처럼 뒤엉킨다

아더왕의 칼로 돈가스를

국립도서관 매점에서 돈가스를 먹는 저이는 얼굴이 손바닥보다 작아서 노모가 허리 굽혀 일하는 하우스에 들어가 상추도 못 딴대 시들어 가는 첫사랑 따먹는 일도 못한대 고시준비하는 십 년 동안 학교 도서관을 달구던 꽃사슴들의 로망이 결국 취직도 못 하게 만들었대 파견 근무 다니듯 전전하는 도서관이 평생직장이 되어 기린처럼 가늘어진 목으로 신작 무협소설을 씹어 먹고 퇴근 후엔 메가 티브이와 씨름하며 야근까지 한대 가끔씩 접대가 필요한 거래처 바이어는 고라니 형수뿐 그래도 칠순 노모의 활화산 가슴에서 튀어나온 돌덩이로 매일 마사지 중인 눈동자만큼은 여전히 빛을 발하지만. 잘나가던 과거를 꼭꼭 씹어 삼키지도 못하는 전설의 기사들, 국립도서관 매점 이곳저곳에 나눠 앉아 둥근 접시 위의 돈가스만은 완벽하게 자르고 있지 손바닥으로 하늘을 가릴 수 있는 여기, 완벽하게 탐욕스러운 성주들이어서 가능한 일이지

소문난 김밥

홀라당 삶을 다 들켜 버린 이들이 김밥 한 줄로 끼니를 해
결한다 남의 입 오르내리는 일 무섭게 알고 산 노인네들 김
밥 마는 아주머니 명령에 검은 봉지며 단무지와 젓가락을 들
고 개미줄을 선다 건강한 성인이 누는 똥줄처럼 긴 밥줄. 야
전 점퍼 걸치고 모자 속에 탈모를 눌러쓴 얼룩덜룩 얼룩말 사
내, 김밥 한 줄이요 사내 다음 들어선 칠십 가까운 노인의 김
밥 다섯 줄은 오 년째 콜라병처럼 누워만 있는 부인과의 만찬
용이다 선봉에 선 중년의 여인은 원치 않는 다이어트 중이라
꼬깃꼬깃 접힌 천 원짜리 두 장을 꺼내고, 코흘리개 손자 몰
래 김밥을 삼키는 할머니는 재혼한 아들 며느리를 위해 목하
수행 중. 행주처럼 푹 삶긴 시금치가 소리 소문 없이 어둠을
치는 시간 끼니 챙겨 줄 이 사라진 부엌들이 마른 단무지보다
노랗게 찌든 배알 속으로 둘둘 말린다

변심

　푹 익은 갓김치 안주 삼아 저수지 앞 천막 국수집, 낮술에
빠진 인생들 제 그림자와 팔짱 끼고 잘들 논다 패배감마저 유
난히 독한 겨울 꽁꽁 고드름처럼 얼어붙은 초침을 수염으로
달고 정의를 노래하며 열린 마음을 술잔으로 돌리는 사내에
게 눈물은 오직 반역자의 물건일 뿐, 서울막걸리 주둥아리 외
에 열린 것 또 뭘까 극은 통한다니 정의와 불의의 뜻 어느새
같아져 차라리 착하게 살자, 깡패의 알통에 새겨진 문신 입
맞춤이라도 하고픈 변심, 변심은 곧 항심이므로 의심과 불안
없이 착하게 살 것에 대해 단지 착함의 기준을 검은 고무줄처
럼 줄였다 늘일 처사를 향해 건배, 푹 익은 항심은 안줏거리
도 안 되는 그림자의 힘으로 그물에 묶어 꽁꽁 언 저수지에
던져 놓으며 또 한차례 변심이여, 건배

지옥에서 보낸 한 철

고봉준

> 나는 마침내 나의 정신 속에서 인간적 희망을
> 온통 사라지게 만들었다.
> 인간적 희망의 목을 조르는 완전한 기쁨에 겨워,
> 나는 사나운 짐승처럼 음험하게 날뛰었다.
> —아르튀르 랭보, 『지옥에서 보낸 한 철—서시』

1

　김지유의 시어는 '슬픔'과 '상처'의 정념을 실어 나른다. 그
녀의 시는 슬픔에 대한 언어가 아니라 슬픔의 언어 그 자체,
상처에 관한 발화가 아니라 상처의 발화, 과거의 시간을 재
구성하는 기억의 기호가 아니라 과거가 현재로 흘러넘침에서
비롯되는 재난의 기호이다. 그녀에게 시는 정념의 대상화가
아니라 정념 안에서 글을 쓰는 행위이다. 따라서 김지유의 시
에서 언어, 발화, 기호의 주체는 시를 쓰는 의식의 소유자인
시인이 아니라 슬픔의 정념 그 자체이며, 인간의 신체와 영혼
에 새겨진 채로 존재하는 상처와 과거의 시간들이라고 말해

야 한다. 그녀의 시는 상처를 대상으로 거느리는 글쓰기가 아니라 상처 자체에서, 상처의 검은 구멍들을 통해 기어 나오는 상처의 글쓰기이다. 그녀의 시에선 "기억의 벽지 여기저기 남겨진 흔적들"(「얼룩」)이 시(인)를 매개로 자신을 드러낸다. "얼룩 밑의 흉터란 깊은 것"(같은 시)이어서 언어-기호로 봉합할 수도, 타인의 손길로 위로될 수도 없다.

김지유의 첫 시집에서 이러한 정념의 자기 현시(顯示)는 상처와 에로티시즘의 결합으로 드러났다. 그녀의 시편들이 '에로티시즘의 미학'으로 평가되었던 이유도 여기에 있다. 그러나 에로티시즘이 김지유 시의 모든 것은 아니다. 실상 그녀의 시들이 상처와 에로티시즘을 결합하여 드러내려는 것은 폭력적으로 분열된 현대인의 삶, 즉 반복되는 일상이라는 안정성 아래에 은폐되어 있는 삶의 치욕스러움이다. 일상이라는 이름의 기표가 봉합하고 있는 상처의 표면을 살짝 들추었을 때, 더 이상 기호의 차원에서 봉합할 수 없는 삶의 실체가 드러날 때, 시인은 외설적인 이미지를 통해서 그 상처의, 삶의 외설성을 폭로한다. 어쩌면 그녀의 시에서 성적인 장면들은 삶의 외설성이라는 '흉터'에서 우리의 시선을 돌려놓기 위한 맥거핀(MacGuffin)인지도 모른다. 그것은 피터 그리너웨이(Peter Greenaway) 감독의 「요리사, 도둑, 그의 아내 그리고 그녀의 정부」(1989)가 인간의 욕망인 '식욕'과 '성욕'(성기 노출과 인육 먹기)을 다룬 영화로 오해되고 있는 사정과 유사하다. 실제로 이 작품은 욕망이 아니라 권력과 혁명에 관한 영화이다. 성애 장면이 여과 없이 등장한다는 이유로 이 영화

를 에로틱한 필름이라고 말하는 것은 관객이 자기 욕망의 투
영에 사로잡혀 영화에서 아무것도 읽어 내지 못하는 것과 같
다. 이 영화는 돈과 권력의 독점적 지배자인 도둑과, 도둑의
폭력을 견디며 살아가는 아내, 도둑의 지배 하에서 노동하
는 요리사, 그리고 혁명의 시발점이 되는 반항자 간의 권력
관계에 관한 영화이고, 원초적인 욕망과 권력이 지배하는 자
본주의적 질서에서 벗어나 다른 세계로 나아가려는 혁명적
인 욕망에 관한 영화이다. 이 영화에서 '식욕'과 '성욕'의 가치
는 혁명보다 훨씬 부차적이다. 언젠가 벤야민이 보들레르의
천재성을 멜랑콜리에서 자양을 취하는 알레고리적 천재성이
라 칭했듯이, 김지유의 시는 폭력, 화폐, 섹슈얼리티 같은 자
본주의의 공리를 알레고리적으로 전유함으로써 자본의 중심
에서 살아가야 하는 우리 삶의 무가치함을 폭로한다. 그렇다
면 김지유의 시에서 에로티시즘보다 한층 중요한 것은 무엇
일까? 그것은 시인을 포함한 우리 모두가 출구를 상실한 영
혼 없는 삶의 불모성 안에서 살고 있다는 느낌, 아이의 슬픔
이 위로될 수 없듯이 결코 출구를 찾을 수 없으리라는 슬픔
과 절망의 정념이다.

하루하루가 벽이야 열리지도 닫히지도 않는 문이야 피를
닦아 낼 수 없는 벽이면 좋겠어 핏줄을 심지 못해 벌이는 살
인이 하루도 빠짐없이 자행되는 문, 열쇠는 눈동자 가득 걸려
있지 그래, 엄마가 몸을 파는 동안 심장에는 또 하나의 방이
생겼지 꽃무늬 팬티처럼 축축해진 그 방에 숨어 미치도록 자

판만 두드리고 있어 얼굴 없는 아빠를 닥치는 대로 죽이고 있
지 죄목 따윈 상관없어 나이보다 많이 먹여 주는 형량이야 고
맙지 이미 감옥에서 한창 썩고 있는 중이거든 쏟아지던 엄마
의 매질이 달빛처럼 고여 있는 여기, 거미줄 가득 아빠의 시체
가 걸려 있어 때마다 사식을 넣어 주는 엄마 손목 비틀어 불가
촉천민의 그림자 울려 볼까 하나뿐인 문이 오늘도 심장에 갇
혔어 녹이 슬었어 눈부신 태양 속 흑점처럼 거룩하게 썩어 가
는 벽이면 좋겠어

―「달의 문짝」 전문

공간 경험은 인간의 세계 인식의 축도(縮圖)이다. 한 시인의
시 세계에서 '공간'이 표현되고 경험되는 방식을 따라가면 우
리는 시인의 세계 감각에 도달할 수 있다. 김지유의 시에서 장
소/공간은 강력한 중력의 영향이 작동하는 곳이다. 그 중력
의 정체가 바로 시인을 '슬픔'과 '상처'의 정념에 빠뜨리는 세
계의 폭력성이다. 가령 「말린 꽃」에서 "거꾸로 매달린 붉은
장미"가 존재하는 '방'은 "관 속에서 탄생을 기다리는/ 말라
비틀어진 두 팔과/ 해묵은 두 발"이 지시하는 "겹겹의 무덤"
즉 죽음의 공간으로 경험되고, 「복도」에 등장하는 오피스텔
1104호와 1107호는 외설적인 방식으로 성(性)이 거래되는
곳으로 형상화된다. 또한 「로프공」에 등장하는 빌딩 공간은
"주식 삼매"의 세계로 표현된다. 김지유의 시에서 이러한 세
계의 폭력성은 개인들에게 철저한 분리의 감각을 강제하고,
그 세계의 개인들은 사라진 "옆방의 소리"에서 "달력이 된 음

부가 덜컹 벽을 열고/ 흘러넘"(「암소공포증」)침을 상상하는 관음증 환자나, 오전 8시의 베란다에서 '세라토닌의 어머니 당신'(「당신을 집어넣는 시간」)을 받아들여야 하는 우울증 환자가 되어 병리적 상태에 노출된 채 살아간다.

세계가 폐쇄된 공간으로 경험되는 끔찍한 병리적 상태는 「달의 문짝」에서 '벽'과 '문'이 동일시되는 것으로 드러난다. 일반적으로 '문'은 출구, '벽'은 폐쇄와 단절의 상징이다. 그러나 인용 시의 화자에게 그러한 구분은 더 이상 존재하지 않는다. "열리지도 닫히지도 않는 문"은 출구로서의 '문'이 아니다. 이 출구 아닌 문 안의 세계는 하루도 빠짐없이 살인 사건이 발생하는 끔찍한 곳이다. 시인이 그 세계-방에 숨어서 글을 쓴다. 무엇에 관한 글일까? 그것은 "얼굴 없는 아빠를 닥치는 대로 죽이"는 내용의 글이다. 그렇다면 '얼굴 없는 아빠'의 정체는 무엇일까? 그것은 이 세계를 거대한 감옥으로, 끔찍한 사건들이 연이어 발생하는 인간이 발명한 지옥으로 만드는 권력-대타자이다. 그런데 시인의 이러한 공간감은 실상 "하루하루가 벽이야"라는 표현이 암시하듯이 시간을 공간화한 것이다. 즉 표면적으로 세계의 폐쇄성은 특정한 공간에 대한 감각처럼 서술되지만 실제 그것은 시간, 무의미하고 무가치한, 거대한 불안과 허무의 시간으로 점철된 삶을 의미한다. 자신이 속해 있는 세계가 "썩어 가는 벽"이기를 희망하는 거대한 허무의 감각, 이것이야말로 김지유의 시 세계를 관통하고 있는 현대성의 정체이다.

2

　지옥의 삶은 무가치하다. 무가치한 삶들이 모여서 세계가 지옥이 되는 것인지, 지옥으로 변해 버린 세계가 삶을 무가치하게 만드는 것인지 그 인과관계는 분명하지 않다. 분명한 것은, 김지유의 시에서 세계의 불모성과 삶의 무가치함이 평행 관계에 있으며, 세계를 출구 없는 감옥/지옥이라고 느끼는 순간 삶의 잠재성이 불가역적으로 훼손된다는 사실이다. 김지유의 시는 거대한 허무에 노출된 현대인의 시선으로 그린 불모성의 세계에 대한 음울한 초상이다. 이 세계에서 '사랑'은 "정이란/ 돈 때문에 생긴 욕"(「갑옷」), "오십 줄 사내에게 시집온 노처녀가 탐낸 건 덜떨어진 사내의 물건이 아니라 집 문서라는 떡밥"(「민물새우, 파르시팔」)처럼 화폐와 교환되는 상품의 일종이고, '삶'은 "착함의 기준을 검은 고무줄처럼 줄였다 늘"여 "정의와 불의의 뜻"(「변심」)을 같은 것으로 바꾸는 지속적인 자기 합리화 과정이거나 '불안'의 시간을 견디기 위해 "오늘을 기둥서방 삼"아 "그저 순간을 유유자적하는 것"(「당신의 눈동자와」)으로 축소된다. 김지유의 시에서 모든 삶의 불행은 '화폐'에 연루되어 있기 때문에 '화폐'를 소유하지 못한 존재들은 끝없이 세계의 변방을 떠돌거나 사회(공동체)의 내부에 투기된다. 「갑옷」에서 '돈정'은 "돈줄이 끊기면 사라져 버린다는 돈정"일 뿐이고, 「민물새우, 파르시팔」에서 아내에게 돈과 재산을 빼앗긴 사내는 이유도 모른 채 낚시터로 내쫓기며, 「아더왕의 칼로 돈가스를」에서 고시에 실패한 꽃사슴들은 파견 근무를 다니듯 도서관을 전전한다. '도서관'은 '아더왕의 칼'이 상징하는 신성과 신탁의 장소도, 진리의 기호들이 안치되어 있는 학문의 공간도 아니다. 그곳은 그저 화폐를 소유하지 못한 존재들, 사회(공동체) 내에서 자신의 위치를 점유하지 못한 무능한 인간들의 집합소일 뿐이다. 이처럼 김지유의 시에서 '지옥'은 화폐의 힘이 통치하는 자본의 공화국이다.

규조토 묻힌 걸레로

빌딩의 절은 때를 벗긴다

주식 삼매에 든 사내의 등짝을 민다

물벼락 맞아요 창 닫아요

화들짝, 모니터에 띄워진 창문을

뛰어내리는 사내

바닥이 보이지 않는 세상 안팎을 나란히

실 묶인 채 버둥거리는 잠자리 두 마리

날개가 접히지 않는다   —「로프공」부분 근대가 중세의 종교적 세계관에서 벗어난 합리적 이성의 시대라는 설명은 그다지 피부에 와 닿지 않는다. 실상 근대는 화폐/상품을 '신'의 자리에 올려놓은 또 다른 종교의 시대처럼 보이기 때문이다. 근대를 설명한 학자들의 숱한 논증과 달리 근대사회는 그다지 합리적이지도 개인적이지도 않으며, 역설적으로 근대와 종교의 연속성과 친화성은 날이 갈수록 견고해지는 느낌이다. 도박에 가까운 주식과 복권이 현대인의 유일한 메시아라는 사실이 그것을 증명한다. 그리하여 자본 공화국의 주권자들이 오늘도 열심히 '화폐'를 경배하고, '화폐'의 신성에 접근하기 위해 노력하고 있다. 인용 시는 그 '화폐-신'에 접근하는 가장 빠른 길인 주식 투자자의 모습을 '로프공'이라는 외부의 시선으로 그려 내고 있다. 그렇지만 이 '외부' 또한 완전한 의미의 외부는 아니다. '돈줄'과 '밥줄'에서 자유롭지 못하기는 빌딩 바깥에 매달려 있는 '로프공' 또한 마찬가지이기 때문이다. 다른 점이 있다면 빌딩 내부의 '사내' 가 '주식'이라는 금융자본주의의 장치에 매달려 있는 반면, 빌딩 바깥의 '로프공'은 노동이라는 지극히 근대적인 장치에 매달려 있다는 것뿐이다. 자본주의-지옥에서 살아가는 현대인들에게 '노동'과 '금융'은 이처럼 화폐-신에 접근할 수 있는 유일한 방법이다. 그러나 우리는 그들이 붙잡고 있는, 매달려 있는 '줄'이 그다지 신뢰할 것이 되지 못함을 알고 있다. 그들은 언제든 자신들이 붙들고 있는 '줄'로부터 버림을 받을 수 있으며, 그때 그들의 삶은 바닥을 알 수 없는 세상의 저편으로 추락하고 말 것이다.

사내와 남자아이가 피자와 조개수프를 먹는다 최연소 이
사로 승진했다가 정리해고되던 순간을 마치 승무원인 아내가
탄 비행기의 불시착처럼 받아들인 사내 앞, 게임에 열중인 아
이는 콜라로 배를 채우며 빈칸을 메워야 완성되는 그림 퍼즐
을 맞추고 있다 아이의 손놀림이 빨라지면서 조금씩 밀려 나
오는 엉덩이, 집 나서는 엄마 가방에 매달린 아이의 손처럼 바
지에 새겨진 명품 로고가 의자 끝을 간신히 앙다물고 있다 꾸
역꾸역 피자 조각을 삼키던 사내가 계산서를 확인할 때 요란
한 소리를 내며 뒤집어지는 의자, 콜라를 뒤집어쓴 아이가 바
닥에서 울음을 터뜨린다 뒷주머니에서 손수건을 꺼내는 사내
의 눈동자, 숙련된 손길로 팔등신 아내 대신 아이를 달래며 조
각난 일요일 오후를 맞추고 있다

—「그림 퍼즐」 전문

김지유의 시에는 유독 화폐-신에게서 버림받은 인물들이
자주 등장한다. 그녀 시의 등장인물들 가운데 절반은 화폐-
신에게 매달려 있고, 나머지 절반은 화폐-신에게서 버림받
아 추락하는 중이다. 인용 시에 등장하는 '사내와 남자아이'
가 바로 그렇다. '사내'는 한때 "최연소 이사"로 남부럽지 않
은 지위에 올랐으나 지금은 '정리해고'되어 "승무원인 아내가
탄 비행기의 불시착"처럼 추락한 상태이다. 사내는 자신이 매
달려 있었던 화폐-신의 줄에서 떨어진 것이다. 일요일 오후
아이와 함께 피자를 먹고 있는 사내의 모습은 정확히 추락
이후의 조각난 삶의 형상이다. 앞에서 우리는 자본의 공화

국 안에서 모든 인간관계는 화폐에 의해 매개됨을 확인했다. 이는 이 관계에서 '화폐'가 사라지면 관계 또한 해체될 수밖에 없음을 뜻한다. 이처럼 김지유의 시들은 화폐에 의해 매개된 왜곡된 관계의 무가치함을 폭로하거나, 그 관계에서 화폐가 사라짐으로써 발생하는 급격한 관계의 해체를 반복적으로 보여 준다. 가령 「이순임 씨 왈」에서 화자인 시어머니는 며느리를 불구인 아들 곁에 붙들어 두기 위해서 "나 죽거든 부의금이나 가져가라 새아가"처럼 '화폐'를 관계 유지의 수단으로 제시한다. 반면 「소문난 김밥」에서 "김밥 한 줄로 끼니를 해결"하는 남루한 행색의 사람들과 「헛바닥 위의 헛바닥」에서 전화기를 손에 쥐고 소문도 없이 죽어 가는 사내의 삶의 비극은 화폐의 결핍에서 비롯된다. 그리고 「몰랑공주의 잠」에서 "뚱뚱한 아내의 박제된 잠"과 "담보 잡힌 새끼들의 궁전"을 위하여 현관문을 나서는 사내의 쓸쓸한 삶 역시 근본적인 원인은 화폐의 결핍이다. 이처럼 자본 공화국에서 '화폐'의 힘은 그것이 관계의 가능성과 불가능성을 직접적으로 좌우한다는 것으로 확인된다. 특히 이러한 관계 해체의 능력은 화폐의 결핍이 곧바로 가족의 해체로 귀결되는 장면에서 분명하게 드러난다.

주린 배로 거리를 배회한다 언제 먹어 봤는지 기억도 나지 않는 제주흑돼지를 함께 먹어 줄 야생의 파트너를 찾는다 실업자 백만 명 시대에 마른하늘 백수건달들 어딜 가고 모두들 도둑괭이처럼 빠른 발걸음으로 숨겨 놓은 짝이 있다는 듯 바

쁘다 혼자서는 내통이 불가능한 거리, 심장에 구멍이 생기면
귀신고래처럼 입으로 빨아들이는 것 많아지나 눈가의 주름보
다 먼저 쭈글쭈글해지는 욕정만큼 내장지방도 몇 배수로 늘
어만 가고 부서진 의자처럼 뒤가 구린 저녁, 식탁도 없는 오피
스텔 복도로 걸어 들어가 솥뚜껑 위에 가만히 엉덩이를 내리
고 지글지글 구워 먹는 한 끼, 이름도 없는 눈먼 별에서 방목
중인 비밀처럼 삼키고 싶은 죽음 한 끼

—「한 끼」 전문

현대는 '관계' 즉 네트워크 사회이다. 이 사회에서 모든 것
은 네트워크에 따라 운명이 달라진다. 이를 증명이라도 하듯
이 현대인들은 네트워크를 만들고 관리하는 데 많은 시간과
비용을 투자하고 있다. 우리는 일상적으로 각종 소셜네트워
크(SNS)와 전자 커뮤니케이션을 이용하여 불특정 다수와 접
속하기를 욕망하며, 현대의 발전된 테크놀러지는 이러한 '관
계'의 무한 확장을 추동하는 터미널로 기능하고 있다. 그러나
우리는 또한 알고 있다. 무한 경쟁을 삶의 유일한 법칙으로
받아들이고 사는 현대인들에게 '관계'는 경제적 이해관계의
고상한 표현에 불과하며, 그리하여 가난한 자들에게는 결코
'관계'라는 호사스러운 개념이 존재할 수 없다는 것을. 가난
하다는 것, 그것은 '관계'가 빈곤하다는 것이고, 가난해진다
는 것, 그것은 '관계'를 상실하거나 기존의 관계가 해체된다
는 것이다. 오늘날 거대도시는 비관계적 자아들의 순례지로
바뀌었다. 이러한 관계의 상실과 해체는 타인에 대한 우리의

반응 능력을 심각하게 훼손시킨다. 이런 점에서 김지유의 시에 등장하는 무관계적 존재들은 금융자본주의 시대에 등장한 새로운 자아의 유형이라고 말할 수 있다. 필요 이상의 흥분을 피할 것, 타인의 고통에 철저하게 무관심할 것, 그리하여 모든 불행은 그저 타인의 불행에 불과하다고 믿으면서 고집스럽게 타자로 남으려는 사람들의 공동체야말로 현대판 지옥이라 불러도 무방할 것이다. 그 세계에서 자본은 타인의 고통이나 슬픔에 반응하지 못하게 함으로써 공화국의 모든 구성원들을 개별적 존재로 만드는 거대한 기계장치이다. 장-뤽 고다르의 「알파빌」에서는 '사랑'이 금기어이고, 자본의 공화국에서는 타인의 고통에 대해 반응하는 것이 금기이다.

김지유의 시에는 일인칭 복수형인 '우리'가 등장하지 않는다. 그녀의 시에서 모든 인간은 오직 '나'라는 단수형으로 표현되거나, '사내' '여자' 등처럼 익명의 대명사로만 지시된다. 그렇다고 그들이 '나들'이라는 대안적 의미의 상호 주체성으로 살아간다고 말하기도 불가능하다. 인용 시의 "주린 배로 거리를 배회"하는 화자, 그는 지금 '제주흑돼지'라는 음식이 아니라 그것을 함께 먹을 "야생의 파트너"를 찾고 있다. 왜 "야생의 파트너"일까? 그것은 우리가 살고 있는 세계가 거대한 정글이기 때문일 것이다. 그 정글에는 사람이 살지 않는가? 아니다. 너무 많은 사람들이 살고 있다. 화자는 지금 "모두들 도둑괭이처럼 빠른 발걸음으로 숨겨 놓은 짝이 있다는 듯" 걸음을 재촉하는 인파의 한가운데에 위치하고 있다. 사람과 음식이 넘쳐 나지만 '거리'는 "혼자서는 내통이 불가능한” 곳이다. 누군가는 이렇게 말할 것이다. 혼자서도 얼마든지 '제주흑돼지'를 먹을 수 있지 않느냐고. 과연 거리의 그 많은 고깃집들이 1인분만을 판매할지도 의문이지만 "욕정만큼 내장지방도 몇 배수로 늘어"난 중년의 남자가 홀로 저녁상과 대면하는 것도 상시적인 장면은 아닐 것이다. 결국 그 사내는 "식탁도 없는 오피스텔 복도로 걸어 들어가 솥뚜껑 위에 가만히 엉덩이를 내리고" 죽음과도 같은 한 끼를 해결할 것이다.

3

지옥-도시의 뉴스에선 "오만 원권 지폐 수십 상자가 마늘밭에서 발견됐다"(「마늘밭에도 봄바람이 불까」)라는 소식이 흘러나온다. 같은 시각 도시의 또 다른 곳에선 "뻔하디 뻔한 사연의 돈지랄"(「경건한 하루」)들이 행해지고 있을 것이다. 이를테면 여인들은 나날이 새로워지는 "뻘 위에 세워진 이곳 송도"에서 다이어트를 하면서 "통통하게 살찐 죽음과 한발 가까워"지고 있을 것이고(「일일우일신」), "똥값으로 팔아먹을 몸마저" 없는 여인들은 "퉁퉁 불어 터진 노랫가락이나 옹알이하듯 엎질러 놓고" 하루를 살고 있을 것이다(「얼룩」). 또 누군가는 "이비인후과에 안과, 산부인과 거쳐서 밥보다 꼬박꼬박 챙겨 먹은 항생제"로 생을 연명하고 있을 것이고(「투사(投射)」), 도시의 반대편에선 한 여자가 "버둥버둥 사내가 움켜쥔 머리채에 목을 매달"고 "울지도 웃지도 못하는 개"가 되어 가는 변신 이야기가

만들어지고 있을 것이다(「한솥밥」). 몇몇 예외적 존재들을 헛 제
외하면, 자본의 공화국에선 슬픔과 상처가 모두에게 축복처
럼 평등하게 뿌려진다. 슬픔과 상처의 평등주의, 이것이 자
본의 지리학이다. 그곳에선 종종 "석 달 전 부녀회장직 사임
하고 사라진/ 아줌마"가 '아가씨'가 되는 믿기 힘든 일들이 벌
어지기도 한다(「양파」).

미륵인 줄 알았더니 기생이더냐
치마 밑에 흘려 놓은 시 한 수에
세상이 조잘조잘

법명이 흑인지 백인지는 부처도 모르는 일
보살의 머루 같은 눈빛에 취하지 말고
바람만 취하라 배운 나는,

부처 등에 업혀 로렉스 시계를 차는 만상좌
사정 직전의 용병술 전수받은 바람의 교주
아미타불이다

성정이 업이라고, 가사 장삼 걸친 채 비나리 치는 다단계
불사
그래, 죄인 줄 알았더니 복 짓는 일이더구나

펄럭이는 치맛자락 밑으로 활활 화톳불 일구는 뱀의 혓

바닥

　은사여, 네가 사부대중 몰래 방사로 들인 여인네들

　블랙 앤 화이트, 공양받은 골프채 휘둘러
　그래, 기왓장 밑 산중 기생으로 살자구나

—「바람난 불사」 전문

　현대의 지옥에선 중세와 근대, 종교적 신성과 자본적 합리성 사이에 거리감이 존재하지 않는다. 이곳에는 특이하게도 '교회'와 '사찰'이 많고, 심지어 날이 갈수록 번창한다. '대기'를 '자본'으로 바꿔 읽는다면, '견고한 모든 것들은 대기 속으로 용해된다(All that is solid melts into air)'라는 맑스의 문장은 이 세계에서 여전히 유효성을 갖는다. 거룩한 모든 것들이 세속적인 것이 되는 세계. 이렇게 자본의 대기 속으로 용해되는 것들 가운데 김지유의 시가 주목하고 있는 것은 '종교'와 '예술'이다. 김지유의 시에는 '종교'는 "싫증난 복음성가"(「혓바닥 위의 혓바닥」)이나 "고자 부처"(「행자승」)처럼 구원과 신성의 능력을 상실한 음란성으로 형상화된다. 이것은 정확히 프란츠 카프카가 『소송』에서 '법전'을 포르노그래피로 표현한 것과 일치한다. 「바람난 불사」에서 이러한 종교의 음란성은 '미륵=기생'이라는 인식론에서 비롯된다. 현대의 지옥에서 미륵은 "부처 등에 업혀 로렉스 시계를 차는 만상좌"이거나 "사정 직전의 용병술 전수받은 바람의 교주"이고, "사부대중 몰래 방사로" 여인네들을 불러들이고 공양받은 골프채를 휘두르는

95

'은사'는 '산중 기생'일 뿐이다. 그리하여 이곳에서 신성의 공간인 사찰은 자본주의의 다단계 사업에 근접한다.

오리걸음의 선배들이 모텔을 향합니다 얼떨결에 거짓 알리바이 담당이 되어 버립니다 자위처럼 숨기고픈 하룻밤일까요 모두 입술을 바꿔 답니다 꽥꽥 울음까지 쓱싹 바꾸더니 즐겁게 랄라! 꾸벅꾸벅 집을 향해 액셀을 밟던 후배가 도착한 성은 이상한 나라의 엘리스 모텔로 변신합니다 성주는 물갈퀴가 찢어진 거위, 바보 후배는 닭대가리, 하지만 모두가 강남스타일이므로 즐거운 랄라! 외제차 몰며 시 쓰는 것이 대역죄라 선고한 거위왕의 처세술은 가난한 역사 위에 세워진 것이므로 문학상이 보호하는 선배의 영역을 감히, 넘볼 의사조차 없는 후배는 까짓, 오리가 아니라 거위와 하룻밤 잔 것으로 치자고 뒤뚱뒤뚱, 즐겁게 랄라! 외제차 대신 거짓말 몰고 다니는 시인과 아찔한 추락을 잠깐 고민한 닭대가리는 감히 문학상 대신 이상한 나라를 건설하는 것으로 꿈을 바꿉니다 아무렴 황금 알을 낳는 장사는 현금 장사가 최고라며, 즐거운 랄라! 시와 시인은 달라야 바보라고, 랄라! 즐겁게 우는 밤입니다

—「모두 입술을 바꿔 답니다」 전문

"정의를 노래하며 열린 마음을 술잔으로 돌리"던 사람들이 "변심은 곧 항심"이라고 말하며 "정의와 불의"를 일치시키는 것이 타락이듯이(「변심」), 또한 상구보리하와중생(上求菩提下化衆生)을 외치며 깨달음을 구하고 중생 구제를 갈파하던 사찰이

‘다단계’로 바뀐 것이 타락이듯이, 김지유의 시에서 문학인들의 음란성은 타락의 일종이다. 그녀의 시에서 어떤 장면들은 다분히 알레고리적인 방식으로 처리된다. ‘꽃사슴’과 ‘고라니 형수’가 등장하는 「아더왕의 칼로 돈가스를」이 그러하고, “개 같은 놈과 개보다 못한 놈 사이”에서 여자가 ‘개’가 되는 「한솥밥」이 그러하다. 알레고리의 사전적 의미는 추상적인 내용을 구체적인 대상을 이용하여 표현하는 비유이지만, 김지유의 시에서 알레고리는 오히려 구체적인 장면들을 추상적인 방식으로 표현하려 할 때 사용된다. 그것은 마치 현실이라고 인정할 수 없는 현실을 표현하는 방법으로 사용된다. 인용 시에 등장하는 ‘오리’ ‘거위’ ‘닭대가리’ 등도 같은 맥락에서 이해할 수 있다. 「모두 입술을 바꿔 답니다」의 등장인물은 시인들이다. 시의 전반적인 내용은 술자리를 끝낸 선배 문인들이 숨기고 싶은 밤을 위해 입술을 바꿔 달고 모텔을 향할 때, 화자가 거짓 알리바이 담당이 된 경험을 시화한 것이다. 집을 향해 액셀을 밟던 후배가 도착한 성이 ‘이상한 나라의 엘리스’라는 동화-상상계가 아니라 “이상한 나라의 엘리스 모텔”이라는 상징계의 세속적 공간이라는 사실은 얼마나 징후적인가. “외제차 몰며 시 쓰는 것이 대역죄”라는 거위왕의 허세야 그렇다 치더라도, “문학상이 보호하는 선배의 영역”을 넘보지 못하던 닭대가리-후배가 “외제차 대신 거짓말”을 몰고 다니는 장면이나 예술적 성취를 상징하는 ‘문학상’ 대신 “이상한 나라를 건설하는 것”으로 꿈을 바꾸는 장면은 이 현대의 지옥에서 예술이 처하게 되는 몰락의 운명을 환기하는 듯하다.

4

　　김지유의 시편들은 비상구가 없는 자본주의적 삶의 불모성을 다양한 방식으로 영사(映寫)하거니와 그 비루한 삶의 속물성과 타락상을 여과 없이 지켜보는 일은 결코 쉽지 않다. 그 장면들이 부도덕하거나 끔찍하기 때문이라고 생각하면 커다란 오산이다. 진짜 끔찍한 것은 영사되는 장면과 우리의 일상 사이에 별다른 차이가 없다는 것, 또는 그 영상 어딘가에 우리가 등장하기 때문이다. 그런데 김지유의 시를 반복해서 읽다 보면 처음 느꼈던 분노와 불편의 감각이 점차 슬픔의 정념으로 바뀌어 거대한 허무의 늪에 우리를 빠뜨린다는 것을 느낄 수 있다. 출구를 상실한 영혼 없는 삶의 불모성은 해결의 기미도, 탈출의 가능성도 허락하지 않기 때문이다. '허무'의 감각이란 그 어떤 행동도 불가능함을 절감할 때, 그럼에도 이 세계의 규칙을 고스란히 수락할 수 없을 때 발생하는 자기 방어의 심리 상태일지도 모른다. 자본의 지옥에 대한 시인의 분노와 혐오가 어디까지 확장될지 우리는 예측할 수 없다. 다만 그 범위가 넓어질 때, 그리하여 우리의 일상조차 그 분노와 혐오에서 자유로울 수 없을 때, 우리 또한 허무에 감염될 것이다. 이런 점에서 김지유의 시는 자본주의에 대한 비판보다는 자본의 지옥에서 살아가는 우리의 현주소를 알려주는 고지서로 읽혀야 한다.